Arts

d'Extreme-Orient

[illegible]
NANCY – PARIS

Collections appartenant à deux Amateurs

CÉRAMIQUE CHINOISE

et Japonaise

BRONZES CHINOIS et JAPONAIS

Laques et Bois Sculptés

NETSUKE en BOIS et en IVOIRE

Peintures, Estampes et Surimono

LIVRES ILLUSTRÉS JAPONAIS

Sabres, Poignards : Garnitures de Sabre

Étoffes et Tapis d'Orient

OBJETS de VITRINE EUROPÉENS

Céramique, Métaux divers, Miniatures

Etc.

Dont la Vente aura lieu à l'HOTEL DROUOT, Salle N° 10

les Lundi 2 et Mardi 3 Mars 1914, à 2 heures.

Me F. LAIR-DUBREUIL	M. ANDRÉ PORTIER
Commissaire-Priseur	*Expert près le Tribunal Civil*
6, rue Favart.	24, rue Chauchat.

Chez lesquels se distribue le présent catalogue.

EXPOSITION PUBLIQUE

le Dimanche 1er Mars, Hôtel Drouot, Salle N° 10, de 2 h. à 6 h.

EXPOSITION PARTICULIÈRE

chez M. ANDRÉ PORTIER, 24, rue Chauchat,

les Mercredi 25, Jeudi 26 et Vendredi 27 Février 1914, de 9 h. à 6 h.

CONDITIONS DE LA VENTE

La vente sera faite expressément au comptant.

Les acquéreurs paieront 10 % en sus des enchères.

L'expert assistant aux expositions se met à la disposition de MM. les Amateurs qui voudraient lui confier leurs ordres d'achat.

ORDRE DES VACATIONS

1re Vacation, Lundi 2 Mars :

Céramique	N° 52	à	N° 1
Objets d'Art européen. . . .	117	à	157
Divers	53	à	116
Estampes et Livres	507	à	570

2e Vacation, Mardi 3 Mars :

Garnitures de sabres et sabres.	N° 464	à	N° 428
Bronzes	175	à	258
Laques, Bois, Netsuke . . .	259	à	427
Céramique et divers	465	à	506
Etoffes et Tapis	158	à	174

Collection de M. P. de B.

CÉRAMIQUE

1. — Très jolie petite potiche couverte en ancienne porcelaine de Chine, décorée en émaux cinq couleurs, de dragons poursuivant le joyau sacré au-dessus des flots.

Epoque *Ming.* Haut. 32 cm.

2. — Potiche couverte en ancienne porcelaine de Chine, décorée sur fond blanc de bouquets de chrysanthèmes stylisés et d'oiseaux dans les rochers. Très joli décor.

Epoque *Ming.* Haut. 36 cm.

3. — Grand vase de forme aplatie, à couverte céladon, décoré en relief de zones se croisant : l'épaulement supporte deux anses détachées à têtes chimériques.

Cachet *Yungching.* Haut. 48 cm.; diam. 32 cm.

4. — Pot à gingembre en porcelaine bleu et blanc, décoré de trois personnages, l'un d'eux chavauchant une licorne.

Epoque *Yungching.* Haut. 20 cm.

5. — Deux vases cornets formant paire, en porcelaine céladon décorée en émaux bleus des diverses manières d'écrire le caractère de longévité « *chéou* ». L'épaulement, orné d'une frise fleurie, supporte deux anses détachées réservées en blanc, en forme de cygnes.

Epoque *Kienlong.* Haut. 43 cm.

6. — Grand vase cornet, de forme octogonale, en ancienne porcelaine de Chine, bleu et blanc, décoré de motifs fleuris.

xviiie siècle. Haut. 52 cm.

7. — Vase cornet en porcelaine bleu et blanc, la panse légèrement saillante, décoré au col des huit génies immortels, « Pa'hsien », sur la panse et sur le pied de scènes à personnages.

Marqué : *Chi Yü Pao Ting Chih Chên.* (Un joyau parmi les plus précieuses pièces de jade.)

xviiie siècle. **Haut. 42 cm.**

8. — Figure de Kwannin en ancienne porcelaine « blanc de Chine » debout sur le double lotus.

Fin xviiie siècle. Haut. 40 cm.

9. — Petit vase cornet en ancienne porcelaine de Chine, décoré en réserve sur fond bleu, de fleurs de pêchers.

xviiie siècle. Haut. 20 cm.

10. — Une paire de perroquets en émaux verts et jaunes.

Epoque *Taokuang.* Haut. 16 cm.

11. — Groupe en faïence trois couleurs, représentant un philosophe assis sur un poisson chimérique au-dessus des flots.

Epoque *Ming.* Haut. 17 cm.

12. — Tasse en ancienne porcelaine de Chine.

Epoque *Kang-hi.*

13. — Verseuse à eau en forme d'une pêche de longévité, à couverte céladon et aubergine.

Epoque *Yungching.* Haut. 16 cm.

14. — Animal chimérique unicorne, en porcelaine dite blanc de Chine.

Haut. 20 cm.

15. — Petit vase à couverte jaspée vert et bleu.

Epoque *Kienlong.* Haut. 13 cm.

16. — Petite potiche couverte, décorée en émaux trois couleurs, de chimères dans les pivoines.

Epoque *Ming.* Haut. 14 cm.

17. — Petite potiche en ancienne porcelaine de la Compagnie des Indes.

xviiie siècle. Haut. 12 cm.

18. — Une paire de petits vases cornets, de forme tubulaire, décorés en émaux bleus sur fond vert, de motifs fleuris stylisés et de chauves-souris.

Epoque *Kienlong*. Haut. 11 cm.

19. — Bouteille de forme élégante, en porcelaine blanc de Chine, décorée en relief de dragons se poursuivant dans les flots écumants.

Epoque *Kienlong*. Haut. 21 cm.

20. — Petit vase cornet en porcelaine bleu et blanc, à décor fleuri.

Signé : *Kang-hi*. Haut. 11 cm.

21. — Deux porte-bouquets en forme de lions chimériques, à émaux verts, jaunes et roses.

Epoque *Taokuang*. Haut. 17 cm.

22. — Petit pot couvert en porcelaine bleu et blanc, décoré sur un fond craquelé de scènes à personnages.

XVIIIe siècle. Haut. 10 cm.

23. — Bonbonnière ronde, à décor de fleurs de pêchers, en porcelaine bleu et blanc.

Diam. 9 cm.

24. — Vase tubulaire en porcelaine bleu et blanc, à décor d'oiseaux et de fleurs.

Epoque *Yungching*. Haut. 16 cm.

25. — Deux vases à décor fleuri, dans le style de la famille rose.

Haut. 26 cm.

26. — Jolie coupe figurant une feuille de vigne. Emaux de grand feu.

Epoque *Ming*.

27. — Très jolie figure en ancienne poterie japonaise, représentant Fukuroku-Jiu, assis, tenant d'une main un sceptre, de l'autre une pêche de longévité.

Haut. 18 cm.

28. — Figure en poterie japonaise représentant Daruma debout, drapé dans un ample manteau à couverte gris craquelé.

Haut. 18 cm.

ASSIETTES

29. — Très jolie assiette décorée en émaux de la famille rose, d'une jeune femme jouant de la flûte à un jeune garçon accroupi sur une table basse. Marli rose à motifs géométriques avec quatre réserves à bouquets fleuris.

Famille rose. Epoque *Yungching.*

30. — Assiette décorée en émaux de la famille rose, de bouquets fleuris et de deux crabes. A l'épaulement un décor fleuri stylisé en réserve sur fond noir.

Famille rose. Epoque *Yungching.*

31. — Assiette creuse à décor fleuri de la famille rose : sur le marli, bouquets et emblèmes bouddhiques.

Famille rose. Epoque *Yungching.*

32. — Assiette offrant en émaux de la famille rose une scène aquatique où passent deux canards : très joli décor, sur le marli, représentant les huit immortels *Pa'hsien,* chevauchant des animaux fantastiques ou des fruits, au-dessus des vagues.

Famille rose. Epoque *Yungching.*

33. — Assiette, famille rose, offrant une scène à plusieurs personnages. Marli lambrequin, à bouquets fleuris.

Famille rose. Epoque *Yungching.*

34. — Très jolie assiette, famille verte, décorée d'un oiseau Hôo survolant un massif de chrysanthèmes : sur le marli, un décor de chrysanthèmes sur un fond géométrique et quatre médaillons de poissons en réserve.

Famille verte. Epoque *Kang-hi.*

35. — Très jolie assiette, famille verte, décorée d'un panier fleuri : sur le marli, quatre bouquets de chrysanthèmes stylisés.

Famille verte. Epoque *Kang-hi.*

36. — Jolie assiette, famille verte, offrant une scène à deux personnages sur une terrasse abritée par un arbre en fleurs. Marli décoré sur un fond géométrique de chrysanthèmes et d'insectes en réserve.

Famille verte. Epoque *Kang-hi.*

37. — Très belle assiette, famille verte, offrant un joli bouquet polychrome de chrysanthèmes dans les rochers, entouré d'une large zone bleu fouetté à décor or de motifs variés. Au revers, une guirlande de lotus stylisés.

Famille verte. Epoque *Kang-hi.*

38. — Autre assiette, d'un décor similaire, le bouquet central étant remplacé par des poissons sur la vague.

Famille verte. Epoque *Kang-hi.*

39. — Assiette décorée dans le style des porcelaines japonaises d'Arita (Imari) de bouquets fleuris en émaux bleus, rouges et ors. Joli marli décoré, sur fond d'or, de bouquets fleuris et d'une armoirie.

Epoque *Kienlong.*

40. — Petite assiette finement décorée de douze personnages portant des branches fleuries, groupés dans les rochers.

Epoque *Tungche.*

41. — Assiette en porcelaine bleu et blanc, le marli dentelé, à décor fleuri.

42. — Assiette en porcelaine bleu et blanc, offrant une scène à personnages.

43. — Assiette en porcelaine bleu et blanc, montrant un paysage.

44. — Très jolie assiette en ancienne porcelaine de la Compagnie des Indes, gravée en noir d'une scène à nombreux personnages « Le triomphe d'Amphitrite ». Marli à petits motifs or et noir.

45. — Assiette en ancienne porcelaine de la Compagnie des Indes, gravée comme la première d'une scène à personnages « La Nuit sur son char ».
Marli orné de quatre médaillons de paysages et d'oiseaux.

46. — Jolie assiette en ancienne porcelaine polychrome de la Compagnie des Indes, offrant des médaillons fleuris et des armoiries.

47. — Assiette en ancienne porcelaine de la Compagnie des Indes, à décor polychrome de fleurs et d'insectes.

48. — Jolie assiette en ancienne porcelaine de la Compagnie des Indes, à décor bleu et or, en léger relief, représentant un oiseau dans un bouquet de chrysanthèmes.

49. — Assiette en ancienne porcelaine de la Compagnie des Indes, montrant un rouleau à décor fleuri : sur le marli un décor stylisé bleu en léger relief, réservant des médaillons gravés de paysages variés.

50. — Assiette en ancienne porcelaine de la Compagnie des Indes, offrant en bleu et or, un joli décor fleuri.

51. — Assiette en ancienne porcelaine de la Compagnie des Indes, offrant un décor européen de guirlandes fleuries et au centre une armoirie.

52. — Grand plat en ancienne faïence japonaise de Kutani, à décor fleuri jaune et vert.

Cachet *Fuku*. Diam. 30 cm.

PIERRES DURES ET IVOIRES

53. — Groupe en jade de fouille très finement sculpté et ajouré d'animaux dans des branches de vigne.

Socle en bois sculpté.

Haut. 14 cm.

54. — Très beau groupe en jade blanc représentant, très finement sculpté, une Kwannin et deux serviteurs groupés sur des fleurs de lotus à l'entrée d'une grotte.

Sur un rocher un oiseau tenant un rosaire.

Au dos, un cerf, un cheval et un Fong Hoang groupés dans les rochers, près du torrent.

Socle en jade vert sculpté de vagues.

Très jolie pièce. Haut. 24 cm.

55. — Personnage en jade vert représentant un roi agenouillé, type sémitique.

Haut. 14 cm.

56. — Vase couvert, de forme archaïque en agate jaspée.

Haut. 13 cm.

57. — Très jolie figure en lardite rosée représentant un personnage barbu, lissant sa longue barbe noire.

XVIIIe siècle. Haut. 26 cm.

58. — Deux figures en lardite polychromée représentant des Rishi.
Haut. 18 cm.

59. — Groupe en os sculpté, représentant une réunion de Sages dans la montagne.
Chine. Haut. 9 cm.

60. — Petit pot à opuim en ivoire, sculpté de nombreux personnages au milieu des arbres.
Chine. Haut. 6 cm.

BRONZES

61. — Très joli brûle-parfums en bronze représentant une chimère accroupie, la tête mobile sur charnière, formant couvercle. Belle patine brune.
Epoque *Ming*. Haut. 35 cm.

62. — Jolie vasque de forme arrondie, en bronze gravé de motifs de grecques et de figures de taotieh. Sur la panse trois têtes chimériques finement ciselées formant anses. Haut socle en bois.
Epoque *Ming*. Diam. 25 cm.

63. — Jolie figure en bronze partiellement doré, représentant un Boddhisatwa, debout sur le lotus, tenant dans la main la boule Mani.
Epoque *Ming*. Haut. 40 cm.

64. — Petit brûle-parfums japonais, en bronze, représentant Kinko assis sur la carpe, lisant un manuscrit.
XVIIIe siècle. Diam. 16 cm.

65. — Brûle-parfums japonais, en bronze, représentant un enfant assis sur un bœuf.
XVIIIe siècle. Diam. 15 cm.

66. — Tortue marchant, en bronze ciselé.
Diam. 16 cm.

PEINTURES, ESTAMPES ET SURIMONO

67. — Format nagaye. Jeune femme, un faucon sur le poing, passant en vue du Fuji.

Koriusai.

68. — Format largeur. Jeune femme en promenade, suivie de deux serviteurs dont l'un porte un parasol.

Gekko.

69. — Deux très intéressants tableaux encadrés contenant chacun dix-huit dessins originaux (têtes aux expressions variées) d'une grande finesse d'exécution.

Attribuées à *Kuniharo.*

70. — Deux jolies peintures représentant des faucons sur leur perchoir.

71. — Trois très jolies peintures de *Keuzan*, à décor de fleurs (seront divisées).

72. — Petit format haut. Impression en bleu.
Moso, dans la neige, en extase devant une gigantesque pousse de bambou.

Hokusai.

73. — Petit format haut. Impression en bleu.
Personnage broyant des fruits.

Hokusai, à l'âge de 72 ans.

74. — Trois surimono par *Hokusai.*

75. — Cinq surimono par *Hokkei.*

76. — Deux surimono par *Yanagawa Shigenobu.*

77. — Trois surimono par *Toyokuni.*

78-80. — Huit surimono divers.

81. — Douze vues de paysages divers par *Hiroshigé.*

82. — Très intéressant makimono représentant avec une finesse extraordinaire le défilé de l'armée Shogunale au début du XIXe siècle, (document sur les costumes et armures).

LIVRES JAPONAIS ILLUSTRÉS

83. — *Shun Den Jitsujitsuki.*— La vraie histoire de deux amoureux, Shun et Denbei.

Ecrivain : *Kyokutei Bakin.*
Dessinateur : *Utagawa Toyohiro.*
Date : *Cinquième année de Bunkwa* (1808).

Cinq volumes reliés en un, illustrés en noir. — Ouvrage complet.

84. — *Ippitsu gwafu.* — Album de dessins à un seul coup de pinceau.

Dessinateurs : *Katsuchika Hokusai* et ses élèves, *Hokutei, Bokusen, Tomause, Hok'un.*
Edité en 1823, Nagoya chez Yerakuya Tochiro.

Ouvrage complet.

85. — *Hokusai Shashinn gwafu.* — Album de dessins pris sur le vif. — Non signé.

Préface par *Tairano Yochitaru.*
Daté : *Onzième année de Bunkwa* (1814).

Ouvrage complet.

86. — *Yehon Sumidagawa Ryogan ichiran.* — Coup d'œil sur les deux rives de la rivière Sumida.

Signature: Dessinateur, *Hokusai.* — Auteur, *Kojiro Nariyassu.*
1806 (non daté) Yedo, chez Senkwado Tsuruya.

Trois volumes complets illustrés en couleurs.

87. — *Hokusai Gwachiki.* — Style du dessin de Hokusai.

Signatures: *Katsuchika Taito* et ses élèves, *Hokugo, Hokuchu, Hok'kei* (d'Osaka).

Daté : Deuxième année de Bunsei (1819). — Osaka et Kioto, chez Akitaya Tayemon.

Impression rose : ouvrage complet.

88. — *Hokusai Ryakugwa.* — Dessins simples de Hokusai. Illustré en noir.

89. — *Yehon Chushingura.* — Le livre des fidèles vassaux (quarante-sept Ronin).

Signatures : Dessinateur, *Hokusai Tokimasa.* — Auteur, *Sakuragawa Jihinari.*

Daté : *Deuxième année de Kyowa* (1802), Yedo, chez Nichimura Yohatchi.

Deux volumes illustrés en couleurs : ouvrage complet.

90. — *Yehon onna Imagawa.* — Morale à l'usage des femmes. Non signé (Hokusai). — Vers 1850, à Yedo.

Impression en couleurs : ouvrage complet.

Vente Hayashi, N° 1738.

91. — *Kinsei Kwaidan Shimoyo no Hoshi.* — Conte récent sur les revenants.

Signatures : Dessinateur, *Hokusai.* — Auteur, *Ryutei Tanehiko.*

Cinq volumes illustrés en noir : ouvrage complet.

92. — *Yehon Haru no Nishiki.* — Les brocards du printemps, (les beaux paysages).

Signatures : Dessinateur, *Suzuki Harunobu.* — Graveur, *Yendo Matsugoro.*

Date : *Huitième année de Meiwa* (1771) à Yédo, chez Yamazaki Kimbe.

Deux très beaux volumes en couleurs, ouvrage complet.

Vente Hayashi, N° 1500.

93. — *Unpitsu Sogwa.* — Dessins cursifs suivant la marche du pinceau.

Signatures : Dessinateur et Auteur, *Tachibana Morikuni.*

Préfacier, *Den Tchoyo.*

Daté : *Deuxième année de Kwanyen* (1749) à Osaka, chez Chibukawa Seyemon.

Trois volumes illustrés en noir : ouvrage complet.

94. — *Nihon Yeitaigura.* — Magasin éternel du Japon, (tableau des mœurs et de la vie sociale au Japon au XVIIe siècle).

Dessinateur : *Moronobu.*

Daté : 1688.

Très bon ouvrage, complet en trois volumes, portant les ex-libris de collectionneurs japonais fameux, Shikko, Shisei et des peintres Keisai, Hokkei.

95. — *Ghin Sekaï.* — La nature argentée. (Poésies sur la neige).

Signatures : Dessinateur, *Kitagawa Utamaro Toyoakira;* Préfacier, *Rokujuyen.*

1790, Yedo chez Kochodo.

Ouvrage complet en un volume.

96. — *Bunpo Gwafu.* — Dessins de Bunpo. — Exécutés pendant l'ère Bunkwa.

Début XIXe siècle.

Ouvrage complet en un volume en noir.

97. — *Sansui Ryakugwa Shiki.* — Modèles de dessins de paysages.
Dessinateur : *Keisai.*
Daté : *Douzième année de l'ère de Kwansei* (1800).
Ouvrage complet en un volume en couleur.

98. — *Choju Sokwa Yehon Shoshin Michi Shirube.* — Dessins d'animaux, d'oiseaux, de fleurs et d'herbes, à l'usage des novices.
Non signé.
Ouvrage complet en un volume en noir.

99. — *Keisai Ryakugwa.* — Dessins simples de Keisai.
Dessinateur : *Keisai.*
Date : *Onzième année de Kwansei* (1799).
Un volume complet en couleur. Ouvrage très intéressant.

100. — *Keisai Ryakugwa.* — Dessins simples de Keisai. Esquisses d'animaux en couleurs. Même remarque que le précédent.

101. — *Sansui Gwajo.* — Dessins de paysages.
Non signé.
Daté : *Sixième année de l'ère de Tempo* (1835).

102. — *Konjaku zokku hiakki.* — Suite des cent monstres anciens et modernes (c'est-à-dire d'après les contes anciens et modernes).
Signature : *Toriyama Sekiyen Toyofussa*, avec la collaboration de ses élèves, *Shiko, Yenji* et *Yenju.*
1779, Yedo chez Izumoji Izuminojo et Yenchuya Yachichi.
Ouvrage complet en trois volumes en noir.
Vente Hayashi, N° 1588.

103. — *Kaji no Ha* (feuilles de Kaji). — Livre de poésies illustrées.
Dessinateur : *Yuzenshi.*
Daté : *Quatrième année de l'ère de Hoyei* (1707).

104. — *Kworin gwafu.* — Album de dessins de Kworin.
Signatures : Auteur, *Hotchu, pendant son séjour à Yédo.*
Ouvrier imprimeur : *Matsuda Chinsuke.*
1802, Yédo chez Omiya Yohé.
Un volume complet en couleurs.

105. — *Kworin hiakuzu.* — Cent dessins de Kworin.
Auteur : *Hoitsu,* qui écrit ce qui suit : « Le deuxième jour du sixième mois de l'année Bunkwa XII (1815) qui est le centenaire de la mort de Kworin, j'ai réuni certaines œuvres de cet artiste, possédées par les amateurs, afin de célébrer son talent. J'ai reproduit cent de ces œuvres et les ai imprimées pour en propager le souvenir ».
1815, imprimé à Yédo chez l'auteur. — Cachet Hoitsu. Complet en deux volumes. *Vente Hayashi,* N° 1628.

106. — *Kworin hiakuzu Kohen.* — Supplément des cent dessins de Kworin.

Auteur : *Hoitsu.*

1826, à Ugne-an (nom de la villa habitée par Hoitsu).

Complet en deux volumes. *Vente Hayashi,* N° 1620.

107. — *Kokkei Mangwa.* — Dessins de plaisanteries, (mais plutôt dessins décoratifs).

Dessinateur : *Akatsuki Kanenari* (hosei).

Daté : *Sixième année de l'ère de Bunsei* (1823).

Complet en un volume en noir.

108. — *Somoku Choju Shoshoku Yedehon.* — Modèles de dessins (arbres, herbes, oiseaux, animaux) pour tous les métiers.

Daté : *Première année de Bunsei* (1818).

Complet en un volume en noir.

109. — *Sohon Kwashi no fu.* — Livre de poésies et de dessins sur les fleurs et les herbes.

Complet en un volume en noir.

110. — *Shankei gwafu.* — Album de dessins de Shankei.

Un volume complet en couleurs sur les insectes.

111. — *Dainippon Rokuju yo shu Meisho Zuye.* — Images des beaux paysages relevés dans plus de soixante provinces du Japon.

Dessinateur : *Ichiryusai Hiroshige.*

Daté : *Troisième année de l'ère de Ansei* (1856).

112. — Deux albums de croquis à la plume par G. Bigot.
O-Ha-Yo.

OBJETS DIVERS

113. — Eventail de cour, japonais, en bambou peint de fleurs, agrémenté de deux longues traines en passementerie.

XVIIIe siècle.

114. — Canne en ébène, à pommeau d'argent repoussé.

Chine XVIIIe siècle.

115. — Figurine en bois sculpté et doré : Boddhisatwa.
xviiie siècle.

116. — Poignard persan, à manche de jade.

OBJETS D'ART EUROPÉENS

117. — Tasse et sa soucoupe, en porcelaine de Saxe, première période, à décor de cartels, style chinois.
xviiie siècle.

118. — Sucrier avec couvercle, en vieux Paris. Porcelaine de Locré.
xviiie siècle.

119. — Assiette en porcelaine de Saxe, Marcolini, décorée d'un semis de roses.
Fin xviiie siècle.

120. — Petit buste de Sénèque, en terre vernissée.
xixe siècle.

121. — Sablière (fragment d'une garniture d'écritoire) à décor étrusque, en noir et violet sur fond blanc.
Sarreguemine. Fin xviiie siècle.

122. — Une paire de cache-pots en Wedgwood : décor, arbres et muses en blanc sur bleu.
Commencement xixe siècle.

123. — Théière avec anse et couvercle, en Wedgwood (basalte) décor : la ronde des heures de Flaxman.
xviiie siècle.

124. — Petit pot à crème, en Wedgwood; décor blanc sur bleu.
xixe siècle.

125. — Cafetière en terre brune anglaise, vernie. Monture argent.
xviiie siècle.

126. — Pot à lait, en Wedgwood; décor en blanc sur bleu, du Vase de Portland.

127. — Bouteille, monture argent, en Delft : marque au paon. Décor persan blanc sur bleu.

xviiie siècle.

128. — Tasse et soucoupe en Saxe; décor boule de neige et motifs fleuris.

xixe siècle.

129. — Corbeille ajourée et plateau en faïence blanche de Leeds.

xixe siècle.

130. — Tasse et sa soucoupe en Wedgwood **(basalte)**, décor d'amours.

xviiie siècle.

131. — Bol en terre brune anglaise. Turner.

xviiie siècle.

132. — Nécessaire : Email sur cuivre de Battersea.

xviiie siècle.

133. — Etui en vernis Martin.

134. — Miniature de femme, par *Pache.* Portrait de Madame de Valdrôme. Encadrée.

135. — Miniature d'homme par *Sarrazin.* Cadre rond en or. Epoque révolutionnaire.

136. — Deux miniatures d'hommes, non encadrées.

137. — Carnet de bal, argent estampé.

Epoque Louis XV.

138. — Vase de forme archaïque, en verre irisé, avec ornements dorés de style oriental.

139. — Deux cafetières en étain.

Style Louis XV.

140. — Bâton de derviche, en bois dur, sculpté de cartouches contenant des vers arabes, célébrant les vertus du bâton.

Art arabe.

141. — Statue de Saint-Antoine de Padoue, en bois peint et doré.

Style italien xviiie siècle.

142. — Poëlon gothique, en cuivre.

143. — Rondelle d'ivoire, sculptée d'une tête de cheval à l'antique.

144. — Trois camées, dont un représentant une tête de femme coiffée et drapée à la romaine.

145. — Trois appliques : têtes d'anges ailés, repoussé, ciselé et doré.

146. — Clef de coffre, ornée de sphinx affrontés en fer ciselé et doré.
Style Renaissance.

147. — Christ couronné : bronze.
Style du XIVe siècle.

148. — Tête, ornement de meuble, bronze doré Louis XIV.

149. — Sifflet en argent, représentant une Sirène.

150. — Deux figurines d'enfants, symbolisant le Vin et le Printemps. Plâtre patiné.
XVIIIe siècle.

151. — Deux petites statuettes, en ivoire peint et doré : personnages de crèche. Macao.

152. — Petit vitrail, style Renaissance.

153. — Petit vase en verre irisé, de Venise.

154. — Rond en écaille, simulant un serpent.

155. — Epingle à chapeau. Grès émaillé.

156. — Etude d'atelier : buste de femme.
Italie XVIIIe siècle..?

157. — Portrait d'homme.
Art français XVIIIe siècle..?

ÉTOFFES

158. — Trois lès de satin blanc, partie d'une robe, brodés en Chine, de bouquets avec entrelacs de rubans bleus.
XVIIIe siècle.

159. — Corsage accompagnant la robe précédente.
XVIIIe siècle.

160. — Deux lès de satin blanc, brodés en Chine de branches fleuries Louis XV.

161. — Carré de toile, orné au petit point, d'une ornementation Louis XIV.

162. — Grand panneau de Rhode, brodé, en couleur : soie sur toile.

163. — Deux grandes portières de Bokhara, soie sur toile.

164. — Petit tapis de prière, Persan (laine).

165/174. — Un lot de tapis et carpettes d'Orient (sera divisé).

Collection de M. A. Albert

BRONZES

175. — Gros vase, la panse arrondie, décoré à l'épaulement et au pied de deux zones offrant sur fond de grecques des motifs à taotieh. 105
Deux mascarons chimériques supportent des anneaux mobiles.

Incrustations d'argent.

Très belle patine verte.

Chine. Epoque *Ming*. Haut. 40 cm.; diam. 38 cm.

176. — Très belle urne de suspension en bronze, très finement ciselé de motifs à taotieh sur fond de grecques; deux mascarons à têtes chimériques servent d'appui à l'anse de suspension.

A l'épaulement, médaillons à décor stylisé, damasquiné d'or et d'argent.

Dans les motifs à taotieh, incrustations d'or et d'argent.

Très jolie pièce de patine verdâtre. Haut support en bois sculpté.

Chine. Epoque *Ming*. Haut. 30 cm.

177. — Vase cornet à large col, en bronze de patine verdâtre, décoré au col et au pied de palmettes à fond de grecques. La panse légèrement en relief, offre un décor de taotieh sur fond de grecques, coupé par quatre arêtes saillantes.

Chine. XVIIe siècle. Haut. 35 cm.

178. — Bouteille en bronze, d'une très belle patine verte, à taches rouges.

Le col et la panse sont ornés de zones à motifs d'étoiles stylisées, en léger relief.

Le col est flanqué de deux anses tubulures.

Chine. Epoque *Ming*. Haut. 32 cm.

179. — Vase, en forme de bouteille, en bronze, de patine noire. Le col est décoré d'une zone à têtes de taotieh, supportant deux anses tubulures.

La panse est coupée de huit panneaux rectangulaires à bordure de grecques.

Au pied, un rappel de zone à motifs chimériques.

Chine. Epoque *Ming*. Haut. 28 cm.

180. — Vase à large panse, en bronze de patine verdâtre. Le col et l'épaulement offrent une succession de quatre zones à fonds gravés.

Sur la panse, un décor de palmes, à motifs chimériques.

Deux anses en forme de têtes d'éléphants.

Chine. Epoque *Ming*. Haut. 31 cm.

181. — Vase cornet, la panse légèrement aplatie, en bronze, de patine noire.

Au col, une zone avec têtes chimériques en relief, incrusté d'or, supporte deux anses tubulures.

Sur la panse, un décor en haut relief de têtes de taotieh, aux yeux incrustés d'or et d'argent.

Très jolie pièce.

Chine. Epoque *Ming*. Haut. 28 cm.

182. — Petit vase cornet, la panse quadrilobée, aplatie légèrement. Au col, une zone en relief, de taotieh sur fond de grecques. Bronze d'une très belle patine verte et rouge, incrusté d'or et d'argent.

Très jolie pièce.

Chine. Epoque *Ming*. Haut. 21 cm.

183. — Vase, de forme élancée et piriforme, en bronze, d'une jolie patine brune, simplement décoré de quatre palmettes à motifs fantaisie.

Chine. Epoque *Ming*. Haut. 32 cm.

184. — Joli vase, en forme d'une bouteille, en bronze, offrant une très belle patine verte, à taches rouges.

Le col est orné d'une zone de grecques et d'oiseaux stylisés, offrant deux anses tubulures.

Chine. XVIIe siècle. Haut. 30 cm.

185. — Vase cornet, de forme élégante, décoré de trois zones à motifs divers : l'épaulement supporte deux mascarons à têtes de chimères.

Très jolie pièce, de patine verte et rouge.

Chine. Epoque *Ming*. Haut. 30 cm.

186. — Vase, de forme élégante et quadrilobée, semblant noué au col par une zone à faces de taotieh sur fond de grecques, servant d'appui à deux anses, têtes de rats.

Chine. XVIIe siècle. Haut. 20 cm.

187. — Bouteille, à col tubulaire légèrement évasé, décorée à l'épaulement d'une zone de grecques et de deux anses fixes, en forme de crevettes.

Sur la panse, un décor de palmes stylisées.

Chine. XVIIIe siècle. Haut. 25 cm.

188. — Vase à large panse, de forme arrondie, décoré de zones concentriques, dont une à fond de motifs géométriques.

Chine. XVIIe siècle. Haut. 22 cm.; diam. 20 cm.

189. — Petit vase balustre, de forme quadrilatérale et aplatie, décoré de palmettes et de motifs géométriques variés; à l'épaulement, deux petites anses salamandres.

Chine. Epoque *Ming*. Haut. 20 cm.

190. — Vase cornet, le col légèrement évasé, supporté par un socle fixe tripode, formé de trois salamandres.

Japon. XVIIe siècle. Haut. 27 cm.

191. — Bouteille à long col tubulaire, décoré d'une tête chimérique. Le col est orné de deux larges anses détachées en S.

Japon. XVIIIe siècle. Haut. 25 cm.

192. — Vase piriforme, surmonté d'un long col tubulaire, étroit. Jolie patine rougeâtre.

Japon. XVIIIe siècle. Haut. 26 cm.

193. — Bouteille piriforme, dont la partie inférieure est formée de quatre palmettes découpées, formant socle.

Sur le col et à la panse, une zone de motifs géométriques.

Deux anses mascarons avec anneaux mobiles.

Japon. XVIIIe siècle. Haut. 25 cm.

194. — Petit vase cornet, le col largement évasé, décoré de longues palmes ornées de grecques; la panse, en léger relief, est coupée de quatre petites arêtes.

Chine. XVIIe siècle. Haut. 20 cm.

195. — Bouteille à large col tubulaire, en bronze uni, d'une belle patine brune, simplement décoré au col d'une zone fantaisie.

Japon. XVIIIe siècle. Haut. 24 cm.

196. — Vase cornet, très largement évasé, orné de deux anses rectangulaires, en forme.

Très belle patine brune.

Japon. XVIIIe siècle. Haut. 30 cm.

197. — Vase cornet, largement évasé, la panse saillante, l'épaulement supportant deux anses à têtes d'éléphants.

Très jolie patine rougeâtre.

Japon. XVIIIe siècle. Haut. 30 cm.

198. — Vase cornet, formant sans doute brasero; il est orné de zones fantaisies avec motifs à taotieh au col, une zone cloutée.

Japon. XVIIIe siècle. Haut. 27 cm.

199. — Vase cornet, la panse saillante, ornée de quatre arêtes en relief se retrouvant sur le pied.

Japon XVIIIe siècle. Haut. 10 cm.

200. — Petit vase à double panse, surmonté d'un large marli droit, formant plateau. Jolie patine brune.

Japon. XVIIIe siècle. Haut. 14 cm.

201. — Petit vase cornet, largement évasé, la panse saillante. Bronze uni, de patine brune.

Japon. XVIIIe siècle. Haut. 18 cm.

202. — Vase cornet, la panse quadrilatérale, entièrement ciselée d'un motif de grecques, sur lequel se détachent le motif des Kuas, ou diagrammes sacrés.

Japon. XVIIe siècle. Haut. 30 cm.

Animaux

203. — Vase tubulaire, en bronze, imitant un tronc de bambou enfeuillagé, sur lequel se reposent deux moineaux.

Japon. XVIIIe siècle. Haut. 23 cm.

204. — Vase tubulaire, d'un style similaire, décoré en relief d'un couple de rats, au milieu des herbes.

Japon. XVIIIe siècle.

205. — Vase cornet, de forme quadrilatérale, orné aux angles d'arêtes saillantes; dans les panneaux, sur fond de grecques, un décor de salamandres stylisées.

Japon. XVIIIe siècle. Haut. 15 cm.

206. — Vase en bronze, d'aspect rugueux, décoré de palmes et de motifs à taotieh. Le col supporte deux anses boucles, à têtes chimériques.

Japon. XVIIIe siècle. Haut. 20 cm.

207. — Petite bouteille en bronze, de jolie patine verte, le col tubulaire orné de deux grandes anses en S.

Japon. XVIIIe siècle. Haut. 17 cm.

208. — Petit vase cornet, la panse bulbeuse, décoré en haut relief de chimères dans les pivoines.

Signé : *Ming*, mais japonais XVIIIe siècle. Haut. 15 cm.

209. — Très belle théière, en bronze chinois, le déversoir étant formé d'une tête d'oiseau. Sur la panse, une zone de motifs stylisés. Très belle patine à taches rougeâtres.

Style de l'époque *Han*. Diam. 30 cm.

210. — Jardinière suspendue, en forme de la barque des dieux du Bonheur. Le socle fixe est formé de vagues écumantes; l'anse simule deux dragons affrontés tenant dans leurs gueules le joyau Tama.

Japon. XVIIIe siècle. Diam. 40 cm.

211. — Bouteille porte-flèches, en bronze, formé d'un vase orné au col de cinq anses tubulures.

212. — Un couple de cigognes, l'une, la tête levée, l'autre, la tête abaissée vers le sol.

Japon. XVIIIe siècle. Haut. 26 cm.

213. — Joli brûle-parfums, formé d'un cygne marchant, un petit sur son dos. Bronze d'une belle patine rougeâtre.

Japon. XVIIIe siècle. Diam. 20 cm.

214. — Brûle-parfums en bronze représentant une tourterelle perchée sur une tuile faîtière, décorée à la section des trois virgules Tomoye.

Japon. XVIIIe siècle. Diam. 19 cm.

215. — Brûle-parfums représentant un canard, une patte levée, perché sur un rocher, contre lequel pousse un champignon de longévité. Le couvercle est formé d'un poisson sur une feuille de lotus.

Japon. XVIIIe siècle. Haut. 30 cm.

216. — Brûle-parfums formé d'un martin-pêcheur, légèrement posé sur une feuille de lotus. Jolie patine brune.

Japon. XVIIIe siècle. Haut. 12 cm.

217. — Brûle-parfums : perdrix au repos. Jolie patine rougeâtre.

Japon. XVIIIe siècle. Signé : *Kamejo.*

218. — Compte-gouttes : petit personnage jouant de la flûte, assis sur le dos d'un bœuf. Bronze de patine verdâtre.

Japon. XVIIIe siècle. Diam. 12 cm.

219. — Brûle-parfums. Sujet similaire au précédent; bronze de patine rougeâtre.

Japon. XVIIIe siècle. Diam. 10 cm.

220. — Brûle-parfums représentant un mulet somptueusement harnaché.

Japon. XVIIIe siècle. Diam. 20 cm.

221. — Grand brûle-parfums, forme d'une oie, la tête levée. Jolie patine rouge.

Japon. XVIIIe siècle. Haut. 40 cm.

222. — Brûle-parfums représentant un saint personnage, assis sur le dos d'un bœuf.

Japon. XVIIIe siècle. Diam. 32 cm.

223. — Brûle-parfums en forme d'une chimère stylisée, la tête mobile sur une charnière.

Signé : *Wagen Sôshô.* Haut. 25 cm.

224. — Presse-papiers représentant un rocher battu par les vagues, sur lequel sont posés quelques coquillages. Jolie patine rougeâtre.

Japon. XVIIIe siècle. Diam. 25 cm.

150 **225.** — Groupe représentant un Sennin et une grue semblant converser; socle en bois très finement sculpté.

Japon. XVIIe siècle. Diam. 17 cm.

226. — Jolie verseuse, de forme hexagonale, très joliment ciselée de palmettes et de motifs fantaisies.

Signée : *Nakao.* Haut. 18 cm.

227. — Très beau brûle-parfums chinois, en forme d'une boule, flanquée de six anses anneaux, et très finement damasquinée de motifs floraux or et argent.

Début de l'époque *Ming.* Diam. 16 cm.

228. — Brûle-parfums formé d'une vasque tripode. Patine rougeâtre.

Signé : *Ming Suenté.*

229. — Théière en fer, décorée d'un semis de clous en relief, « peau de crapaud ».

Couvercle en bronze.

Signé : *Ryûbundo.*

230. — Gong en forme d'un grelot de temple, simulant un disque.

Epoque *Ming.* Diam. 22 cm.

231. — Coupe à sacrifices, sur un socle tripode élevé; décor de dragons dans les nuages.

Signé : *Kôtakusai Yasunori.*

232. — Petite verseuse à eau, de forme aplatie, en bronze uni, d'une jolie patine rougeâtre.

Japon. XVIIIe siècle.

233. — Brûle-parfums, en bronze, d'une jolie patine rougeâtre; grenade enfeuillagée.

Japon. XVIIIe siècle.

234. — Coupe ronde, supportée par quatre pieds bas ; décor de nuages et de motifs fleuris.

Signée : *Kanka.*

235. — Panier ajouré en jonc de bronze, imitant une vannerie.

Japon. XVIIIe siècle.

236. — Brûle-parfums en bronze Sentoku, représentant deux petites tortues sur une fleur de lotus.

Japon. XVIIIe siècle.

237. — Brûleur à baguettes d'encens, formé d'une vasque circulaire supportant deux anses à têtes chimériques.

Signé : *Ming.*

238. — Sorte de fer à repasser, formé d'un récipient décoré de médaillons stylisés.

Epoque *Ming.*

239. — Coupe en bronze, imitant les pétales d'un chrysanthème épanoui.

Japon. XVIIe siècle.

240. — Okimono en bronze ; maisonnettes aux toits de chaume.

Japon. XVIIIe siècle.

241. — Okimono en bronze. Crapauds sur une nasse.

Japon. XVIIIe siècle.

242. — Coupe rectangulaire en bronze ciselé de motifs fleuris, les deux faces latérales supportent des anneaux fixes.

Signée : *Hôshizan Sômin.*

243. — Porte-pinceaux en bronze, joliment patiné.

Japon. XVIIIe siècle.

244. — Nécessaire à cachet, contenant le tiroir à pâte et cinq cachets ingénieusement disposés.

Chine. XVIIe siècle.

245. — Mizuire en forme d'un fruit, mandragore.

Japon. XVIIIe siècle.

Figures

246. — Figure en poterie, représentant Daruma debout. Jolie patine noire, imitant le bronze.

Japon. XVIIIe siècle. Haut. 25 cm.

247. — Figure en bronze, joliment patiné, représentant Fukuroku Jiu accroupi, les bras croisés.
Japon. XVIIIe siècle. Haut. 16 cm.

248. — Petite figure en bronze sentoku, finement ciselé.
Japon. XVIIIe siècle. Haut. 14 cm.

249. — Deux serviteurs de divinité, en bronze à traces de laque d'or.
Epoque *Ming*. Haut. 18 cm.

250. — Figure de Cakyamuni, accroupi.
Epoque *Ming*. Haut. 22 cm.

251. — Miroir shintoiste, en bronze d'argent. Socle en bois sculpté.

252. — Deux perdrix en émail cloisonné.
XIXe siècle.

Fers

253. — Petite boîte en fer, imitant la perle sacrée, finement damasquinée d'argent.
Japon. XVIe, XVIIe siècle. Diam. 7 cm.

254. — Petit étrier en fer, incrusté d'argent.
Japon. XVIIe siècle.

255. — Flacon en forme de gourde hyotan. Fer damasquiné d'or.

256. — Netsuké bouton en fer incrusté d'argent et ciselé de deux lapins dans les herbes.

257. — Bouton en bois, à plaquette de shibuichi, finement ciselée de Shoki menaçant un oni.
Signé : *Kikuchi Jokwô.*

258. — Menuki : le dieu du tonnerre.
Trois menuki divers.

LAQUES

259. — Inro à quatre cases, en laque noir *ro-iro*, décoré en laques d'or et d'argent et rehauts de nacre, de Kinko, assis sur une carpe.
Japon. XVIIIe siècle.

260. — Inro à quatre cases, en laque *ro-iro*, offrant un paysage en laque d'or.

Japon. XVIIIe siècle.

261. — Inro à quatre cases, en laque *mura-nashiji*, décoré au laque d'or des cent chevaux de Muhwang, se baignant ou s'ébrouant dans les herbes.

Signé : *Yamada Jôka.*

262. — Inro à quatre cases, en laque *mura-nashiji*, décoré en relief d'or d'un faucon sur une branche d'arbre en fleurs.

XVIIIe siècle.

263. — Inro à quatre cases, en papier mâché laqué noir, décoré au laque d'or d'un couple de grues sur la grève, à Takasago.

XVIIIe siècle.

264. — Inro à trois cases, en laqué noir, décoré au laqué rouge de deux caractères de bonheur : Kotobuki.

Joli coulant (ojime) laqué, à décor fleuri.

XVIIIe siècle.

265. — Joli inro à quatre cases, en laque *ro-iro*, décoré au burgau d'un paysage maritime.

XVIIIe siècle.

266. — Inro à quatre cases, en laque *makiyé*, décoré d'un vol de passereaux (chidori), au-dessus d'une risière, dont les berges sont plantées de pins.

Ojimé labrador : netsuké en laque d'or joliment décoré.

Signé : *Shôkôsai.*

267. — Inro à quatre cases, en laque d'or, décoré en relief et incrustations diverses de deux danseurs de cour.

Signé : *Kwôsai.*

268. — Inro à trois cases, en laque mura-nashiji, décoré en laques diverses d'un faisan doré sur un tertre fleuri.

Signé : *Kwanshôsai.*

269 — Inro de forme hexagonale, en bois naturel, incrusté de quatre menuki d'argent finement ciselés.

XVIIIe siècle.

270. — Inro minuscule à deux cases, en laque d'or mat, décoré en laque noire et incrustations de nacre, de motifs fleuris stylisés.

Signé : *Yôyûsai.*

271. — Inro à trois cases, en cuivre, ciselé sur une face de trois personnages et sur l'autre d'un tigre dans les bambous.

Divers

272. — Deux petites boîtes en laque noir ro-iro, décorées en laque d'or d'un éventail et d'un petit paysage.

Signé : *Gyokkoku* (*Tamaya*).

273. — Peigne en laque d'or, décoré de barques chargées de ballots.

Signé : *Hôsai*.

274. — Peigne en laque d'or et laque rouge, à décor de chrysanthèmes stylisés.

XVIIIᵉ siècle.

275. — Peigne en écaille et laque d'or, à décor de chrysanthèmes.

XVIIIᵉ siècle.

276. — Deux coupes en bois naturel, décorées au laque d'or de branches fleuries et d'insectes.

277. — Coupe à saké, en laque dor et laque rouge, décorée d'une cigoigne survolant des pins, en vue de Fuji.

278. — Boîte de forme irrégulière, en ancien laque rouge de Pékin, représentant une pêche enfeuillagée.

Epoque *Kienlong*.

ÉTUIS A PIPES ET NÉCESSAIRES

279. — Nécessaire à écrire formé d'un tube porte-pinceau, en cuivre ciselé d'un dragon et d'un inro en fer, très joliment damasquiné d'or, décoré d'animaux divers.

280. — Nécessaire à écrire en bronze et cuivre, imitant un fruit enfeuillagé.

Cachet d'artiste.

281. — Etui à pipe en laque noir, décoré en application d'argent d'une figure de oni.

282. — Etui à pipe en bois, sculpté d'une chèvre sous un arbre au feuillage argenté.

283. — Etui à pipe en bois sculpté d'un motif fleuri.

284. — Etui à pipe en laque noir, décoré de menuki d'or et d'argent.

285. — Etui à pipe en bambou et os.

286. — Etui à pipe en os sculpté, et sa pipe.

287. — Pipette japonaise en bambou, monture argent natté.

288. — Pipette plate en métal argenté ciselé.

289. — Etui à pipe en laque, décoré en imitation de métaux d'une huba et d'un Kozuka.

Signé : *Ryûbi.*

BOIS SCULPTÉS

290. — Groupe en bois sculpté représentant un coq perché sur un taïko, et que menace un serpent.

Haut. 30 cm.

291. — Deux petites figures en bois sculpté représentant les deux dieux du bonheur, Yebisu et Daïkoku.

Haut. 18 cm.

292. — Très jolie figure chinoise en bois sculpté, représentant un dés Pa'hsien.

Haut. 22 cm.

294. — Petite figure d'un des Pa'hsien, en bois sculpté, laque rouge et or.

294. — Figure en bois chinois, représentant un des huit immortels.

Haut. 35 cm.

295. — Figure en bois sculpté, joliment patiné, représentant, à cheval, un guerrier armé d'un énorme fauchard.

Japon. XVIII° siècle. Haut. 14 cm.

296. — Petit écran demi-circulaire, en bois sculpté des sages dans la forêt de bambous.

297. — Deux statuettes, Kwannin et Amida, en bois sculpté, joliment laqué.

298. — Bois sculpté : personnage et belette magique.

299. — Bois sculpté : personnage et chimère.
Signé : *Shibata Shigetada.*

300. — Grelot de temple, en forme d'un poisson stylisé.

301. — Pochette à tabac, sculptée d'un groupe de maisonnettes. Coulant en poterie à décor de masques. Netsuké en bois.

302. — Pochette à tabac, sculptée d'une fleur aquatique.

303. — Chapelle portative offrant une fine statuette d'Amida.

304. — Grand sampang en bambou sculpté, animé de nombreux personnages.

NETSUKÉ

Bois

305. — Netsuké en bois partiellement laqué, représentant un shojo, debout, une cuillère à la main, près d'une urne à saké. Très belle patine.

306. — Renard d'Inari, sur une base rectangulaire, en forme d'un cachet.

Signé : *Chôichi.*

307. — Netsuké formé de deux masques accolés, d'une grande finesse de sculpture (Okame et Oni).

308. — Très beau masque d'Okame, d'une remarquable patine.
Signé : *Tôsa.*

309. — Netsuké en bambou, sculpté et ajouré d'une carpe dans les flots.

310. — Crapaud accroupi, prêt à sauter. Jolie patine.

311. — Joli masque de Hânia, finement sculpté.

312. — Très beau netsuké représentant un Sennin, debout, vêtu d'un manteau de feuilles.

Haut. 12 cm.

313. — Sennin debout, s'appuyant sur un long bâton : dans son dos pendent une besace et une gourde.
Signé : *Settei.* Haut. 10 cm.

314. — Très beau netsuké, représentant une femme, de type hollandais, portant un enfant sur le dos.

315. — Magnifique netsuké, représentant une chimère accroupie, se grattant.

316. — Tête de mort, ornée de dents en ivoire.
Signée : *Tomofumi* (ou *Yûbun*).

317 — Petit personnage lisant un makimono, debout près d'un cerf.
Signé : *Shôichi* (ou *Masakaza*).

318. — Guerrier à cheval, se préparant à tirer son sabre.

319. — Petite figure finement sculptée, représentant Okame couchée et endormie.
Signé : *Tadatoshi.*

320. — Groupe d'une jolie exécution, composé d'un personnage juché sur un crapaud et portant lui-même un crapaud sur le dos.
Signé : *Itsumin.*

321. — Deux singes s'épouillant et luttant.

322. — Pousses de Champignons.
Signé : *Masanao.*

323. — Daruma, assis en méditation, drapé dans son ample manteau (il y a un Kakihan).

324. — Masque de diable.

325. — Personnage accroupi, vêtu d'un ample manteau, faisant courir sur ses bras étendus une petite toupie (Koma Mawashi).

326. — Netsuke illustrant une scène de l'enfance de Yoshitsune : après la défaite de son père Yoshitomo, sa mère Tokiwa dut s'enfuir dans la neige avec ses trois enfants qu'elle abritait sous son manteau.
Signé : *Hidemasa.*

327. — Fruit et pousse de bambou sur lesquels est posée une mouche.

28. — Fragment de bambou sur lequel rampe un petit escargot d'ivoire.

329. — Deux petites chimères, accroupies côte à côte, se disputent une sphère ajourée.

330. — Bœuf accroupi et dormant.

331. — Sennin riant et dansant, appuyé sur un long bâton.

332. — Pousse de champignon, d'une très jolie patine.

333. — Coquille de Bernard L'Hermite.
Signée : *Shibafune* (ou *Shishû*).

334. — Hotei accroupi, un écran à la main.

335. — Singe grimpé sur le dos d'une petite tortue qui cache prudemment sa tête.

336. — Tortue marine dans les rochers.

337. — Masque grimaçant.
Signé : *Tadatoshi.*

338. — Netsuké, bouton représentant une corbeille en vannerie, remplie de chrysanthèmes en fleurs.

339. — Petit personnage accroupi, montrant son œil et dissimulant derrière son dos un fruit de lotus.
Signé : *Tamagasusai.*

340. — Joli netsuké, bouton, représentant un lotus épanoui, d'une grande finesse de sculpture.

341. — Deux jeunes chiens jouant et se mordillant.
Signé : *Ittan.*

342. — Famille en promenade, le père conduisant le cheval sur lequel est assise la mère, escortée de ses enfants, dans des paniers latéraux.
Signé : *Itsumin.*

343. — Masque d'oni.

344. — Petit personnage souriant finement à la vue d'une pêche de longévité.
Signé : *Suketsune.*

345. — Joli masque en bois, à traces de laque, représentant un personnage grimaçant.

346. — Petite tortue au repos.

347. — Coquille d'awabi.
Signée : *Chûichi.*

348. — Lapin en barque, se rendant dans la lune.

349. — Pousse de champignons.

350. — Chajin (amateur de thé) endormi, la tête reposant sur un récipient à thé (*cha usu*).

351. — Netsuké sculpté dans un très beau bois imitant l'écaille, représentant une souche couverte d'une jolie végétation de branches de hyotan.

352. — Loup et tête de mort.
Signé . *Seikwanshi.*

353. — Masque de diable aux crocs saillants : l'intérieur est doublé d'une feuille d'argent.

354. — Hotei accroupi contre son sac.

355. — Chimère jouant avec une sphère ajourée.
Signée : *Shôzan.*

356. — Fukuroku jiu accroupi contre un sac.

357. — Prêtre bouddhique frottant un grelot de temple (*Moguyo*).

358. — Souris accroupie.

359. — Masque grimaçant, la bouche en trompe.

360. — Le sennin Gama, dansant, son crapaud sur l'épaule.

361. — Personnage vêtu d'un manteau de feuilles, un écran derrière la tête.

362. — Netsuké en forme d'une caisse, dans laquelle s'est glissé un personnage dont on n'aperçoit plus que le dos.

363. — Groupe de fruits.

364. — Crabe et coquilles marines (très joli bois).

365. — Shoki poursuivant un oni qui s'est réfugié sous un large chapeau de paille, posé à terre.

366. — Personnage accroupi, tenant une pêche de longévité.

367. — Bœuf accroupi.
Signé : *Shôjo.*

368. — Squelette grimpant sur un crâne humain.

369. — Yojiro (dresseur d'animaux) faisant danser son singe, la tête couverte d'un masque de shishi.
Signé : *Hokyûdo Yetsumin.*

370. — Chanteur de guidayu.
Signé : *Hôkei.*

371. — Deux petits personnages accroupis, jouant au gô.

372. — Petit personnage riant, chevauchant une poutre.

373. — Netsuké en bois imitant une amande sèche, l'intérieur joliment laqué d'or.

374. — Deux châtaignes accolées.

375. — Squelette s'efforçant de soulever, à l'aide d'une corde, une gigantesque tête de mort.

376. — Netsuké formé de sept masques accolés.
Signé : *Kameyama* (ou *Kizan*).

377. — Singe jouant avec une petite tortue.

378. — Petit personnage portant un énorme champignon.

379. — Shoki, en quête d'oni.

380. — Deux garçons jouant, l'un d'eux se faisant envelopper dans un sac pour imiter un buste de Daruma.

381. — Joli masque d'un personnage riant.

382. — Hotei portant une grosse pêche de longévité.

383. — Gama Sennin et son crapaud à trois pattes.

384. — Petit manzai dansant.
Signé : *Hôju* (ou *Norihisa*).

385. — Fruit aquatique.

386. — Bûcheron revenant de son travail.

387. — Blaireau assis sur des feuilles d'érable.
Signé : *Tomonobu.*

388. — Netsuké en forme d'écran, sculpté et ajouté d'un guerrier lançant son cheval dans les flots.
Signé : *Ryûsensai Seiju* (ou *Kiyozumi*).

389. — Masque grimaçant.

390. — Netsuké, forme de nombreux masques accolés.
Signé : *Harunaga* (ou *Shunyei*).

391. — Netsuké, bouton sculpté et ajouré d'un oiseau Hoo, volant dans un bois de pins.

392. — Tête de mort.

393. — Petite figure représentant Okame, lasse et assoupie.
Signé : *Teizan*.

394. — Gama Sennin, vêtu d'un manteau de feuilles, son crapaud sur le dos.

395. — Chimère finement sculptée, jouant avec une sphère ajourée.
Signée : *Masayoshi*.

396. — Netsuké, formé de plusieurs masques accolés.
Signé : *Gyokuzan*.

397. — Daruma accroupi, son chasse-mouches à la main.
Signé : *Kwôgyoku*.

398. — Chimère portant sur la tête un attribut en forme d'une coupe.
Signé : *Toyomasa*.

399. — Personnage ayant capturé une pieuvre, introduite dans une sorte de vase.

400. — Masque de personnage grimaçant.

401. — Shojo, ivre, dansant. Netsuké partiellement laqué.

402. — Deux pousses de bambous liées par une corde.
Signé : *Ohara Mitsuhiro*.

403. — Crapaud sur un rocher.
Signé : *Masanao*.

404. — Personnage agenouillé.

405. — Fragment de bois imitant une section de tronc d'arbre.

406. — Hotei, souriant et dansant, accompagné d'un enfant.

407. — Singe et pêche de longévité.

408. — Personnage, une boîte à la main, jetant de la cendre pour faire fleurir les plantes à son gré. Légende de **Hanassada** Didjii.

409. — Masque d'un personnage grimaçant.

410. — Daruma, l'air sombre, drapé dans son ample manteau.

411. — Moineau en bois laqué, décoré du signe de longévité.

412. — Petit personnage accroupi.

413. — Petit personnage dansant.

NETSUKÉ

Ivoire

414. — Ivoire chinois représentant une femme chinoise, nue, couchée, se pressant le sein.

xviiie siècle. Diam. 12 cm.

415. — Cinq netsuké représentant des Sennin variés (seront divisés).

416. — Deux netsuké en os sculpté, représentant des Sennin.

417. — Fruits enfeuillagés

418. — Joli crâne humain en ivoire finement sculpté.

419-421. — Un lot de dix netsuké en ivoire, représentant des sujets divers (sera divisé).

L'un signé : *Hidemasa.*

422. — Joli netsuké représentant des cosses de haricots.

Signé : *Kiyokatsu.*

423. — Jeune enfant gardant un bœuf accroupi.

Signé : *Tanri.*

424. — Femme chinoise, nue, étendue sur une natte. Ivoire polychrômé.

xviiie siècle.

425. — Très joli porte-cartes chinois, en ivoire, sculpté de nombreux personnages au milieu d'habitations.

426. — Deux corbeilles, de forme lobée, en ivoire, finement sculpté et ajouré de motifs fleuris et de scènes à personnages.

Diam. 20 cm.

427. — Deux vases en ivoire, offrant un décor similaire aux coupes précédentes.

Haut. 35 cm.

SABRES ET POIGNARDS

428. — Très joli poignard en bois naturel, orné d'une très jolie garniture en bois de Hinoki, sculpté de paysages divers et de temples bouddhiques.

Lame repolie en Europe, signée : *Kaneharu.*

Fuchi et Kashira, signés : *Kinryuzan* (explication du site).

Anneau du Kozuka, signé : *Ocha no mizu* (explication du site).

Très jolie lame de Kozuka, gravée d'un pont et d'une poésie.

429. — Poignard à fourreau de bois naturel, et garniture en bois. Sur la poignée, un menuki en shibuichi finement ciselé, illustrant la légende de Chokwaro.

Lame à double gorge : yakiba suguha.

430. — Poignard à fourreau de laque brun écaille, décoré en camaïeu de feuilles d'érable.

Fuchi-Kashira et garde en shakudo à fond de nanako, décoré en or des armoiries de la famille des Ashikaga.

Lame en bon état : yakiba suguha.

Kozuka en bronze incrusté d'or, à décor de rat et d'éventail.

Lame du Kozuka gravé d'un glaive.

Poignée en galucha, orné d'un joli menuki damasquiné d'or et d'argent.

431. — Sabre de médecin, en bois naturel, imitant une sorte de crocodile.

Lame curieuse, en forme d'une dague, formant pare-coups et offrant une longue inscription.

Signée : *pour le goût de Kusunoki Masashige*

Goro Nyûdô Masamune a fait ceci en janvier, la 2e année de l'ère de Genko.

432. — Très joli petit poignard à fourreau de bois naturel, décoré au laque d'or d'un carrelage géométrique à fleurettes. Garniture d'ivoire.

Jolie lame en bon état : yakiba suguha.

Kozuka en shibuichi, gravé de fleurettes.

Kogai en cuivre argenté à réserve de fleurettes.

Lame du Kozua signée : *illisible.*

433. — Sabre court, Katana, en bois naturel très finement sculpté. La garniture complète est sculptée de dragons dans les flots. Lame en assez bon état, à gorge médiane : yakida gunome, très régulier.

Kozuka, signé sur le bois : *Kozan,* vieillard de 63 ans.

Lame du Kokuka, signé : *Kiyohira.*

Le fourreau est signé, sous le Kozuka : *Toryusai Kozan,* vieillard de 63 ans.

434. — Sabre court, à fourreau de laque noir uni.

Lame très courbe, en bon état : yakiba suguha.

Kuchi Kashira et garde en fer damasquiné d'or.

Lame du sabre signée : *Taïra Moritsune.*

Fuchi signé : *Shijügo.*

Kozuka signé : *Toshiharu.*

435. — Joli sabre court, à fourreau de laque burganté.

Garde et Kozuka en shakudo, incrusté d'or à décor de feuilles aquatiques. Fuchi et kashira en shakudo, à fond de nanako, incrusté de métaux divers, décoré d'un signe de bonheur et d'une habitation sous les pins et les cerisiers.

Lame du sabre en assez bon état : yakiba notare irrégulier.

Lame du kozuka signée : *Omura Koboku, Yedo.*

Lame du sabre signée : *Kanetaka.*

436. — Sabre court, à fourreau de laque noir uni.

Fuchi et Kashira en shibuichi mêlé d'or : oiseaux au-dessus des flots.

Garde en shibuichi, à décor de vagues au clair de lune.

Kozuka en bronze incrusté d'un masque et de fleurettes.

Jolie lame en bon état : yakiba shogunome d'une parfaite régularité.

Lame du Kozuka signée : *Inouye izumino kami Kunisada.*

437. — Sabre court à fourreau de laque noir uni

Garde, fuchi et kashira, ciselés de dragons dans les flots.

Très belle lame de sabre, en bon état, gravée du joyau sacré, la perle marine. Yakiba ogunome très marqué.

Lame du sabre signée : *Masaiye.*

Kozuka signé : *Awa, Morihira.*

438. — Sabre court, à fourreau de cuir gravé et laqué.
Fuchi et kashira en fer damasquiné d'or.
Garde en bronze ajouré.
Kojiri et anneau de fourreau en fer damasquiné d'or.
Lame en assez bon état : yakiba shogunome irrégulier.

439. — Grand sabre de combat, à fourreau de laque rouge cannelé.
Fuchi et kashira en fer damasquiné d'or.
Lame à double gorge latérale : yakiba komidare.
Lame signée : *Iwaminokami Masanao.*

440. — Autre sabre de combat à fourreau de laque rouge décoré en laque noir et laque de bronze d'hirondelles au-dessus des flots.
Garde en shibuichi et incrustations diverses, ciselée d'Apsana.
Très belle lame en assez bon état : yakiba ogunome.

441-442. — Un lot de sept sabres courts, à décors et garnitures divers.

GARDES DE SABRES

443. — Garde en fer ciselé, incrusté de cuivre et d'argent. Guerriers devant une cascade.
Signée : *Yamashiro Umetada Mitsushige.*

444. — Garde en fer ciselé, incrusté d'or, d'argent et de cuivre. Moineau et arbre en fleurs.
Signée : *Umetada.*

445. — Garde en shibuichi. Dragon sortant des flots.
Signée : *Rakusei* (ouest de la capitale) *Toshiharu.*

446. — Garde en shibuichi : feuilles aquatiques.
Signée : *Yechizen Kinaï.*

447. — Garde très épaisse en fer : pruniers en fleurs.
Signée : *Jinzaemon Fuyuhiro.*

448. — Garde en fer incrusté de métaux divers : combat de guerriers.
Signée : *Goshu Hikone Soheishi Nyudo Soten.*

449. — Garde en fer, ciselée d'ossements et de têtes de mort.
Signée : *Nishijin Minamoto Yoshinobu.*

450. — Garde en fer ciselée de chrysantèmes.
Signée : *Bushu Masafusa.*

451. — Garde en fer ciselée de guerriers.
Signée : *Goshu Hikone Soheishi Nyudo Solen.*

452. — Garde en fer, de style primitif, repercée d'une cigogne et de vagues.
Signée : *Tadatoki.*

453. — Garde en fer repercée d'une sorte de gerbe liée.
Signée :*Tadanori.*

454. — Garde en fer ciselée de deux chevaux sous un saule.
Signée : *Yasuchika.*

455. — Garde en fer finement ciselée de chrysanthèmes.
Signée : *Bushu Masanaga.*

456-457. — Un lot de treize gardes diverses, signées. (Sera divisé.)

458-460. — Un lot de gardes diverses. (Sera divisé.)

461-462. — Kozuka. Un lot de kozuka divers. (Sera divisé.)

463-464. — Fuchi et kashira. Un lot du fuchi et kashira (Sera divisé.)
L'un signé : *Solen*, habitant Hikone, en Goshu (province d'Omi).

CÉRAMIQUE

465. — Bol, légèrement déformé, en poterie à couverte noir, décoré en or, argent et laque rouge, d'armoiries diverses.
Cachet de *Ninsei.*

466. — Bol de forme quadrilatérale, à couverte craquelée grise, décoré en émaux bleus et verts de branches d'hortensia.
Cachet.

467. — Bol de forme cabossée à décor de chevaux et d'armoiries.
Cachet

468. — Bol de forme arrondie, à couverte crème.
Signature : *Kosaï.*

469. — Bol en poterie moderne, garni d'une très jolie couverte noire.

470. — Bol en poterie brun rouge, à surface granitée.

471. — Bol en porcelaine céladon de Seiji, à décor de papillons.

472. — Vide-poche de forme irrégulière, décorée dans le style de Kenzan.

473. — Deux bols chinois, en porcelaine craquelée, décorés en polychromie de scènes des Pa'hsien.
Epoque *Tungché.*

474. — Bol en porcelaine céladon, décoré intérieurement d'un dragon stylisé en émaux bleus.
Chine, fin XVIIIe siècle.

475. — Bol japonais à jolie couverte bleue, à reflets métalliques.

476. — Bol en porcelaine cloisonnée, à décor de fleurettes.
Vers 1830.

477. — Bol couvert à décor fleuri polychrome sur fond bleu.
Chine : XIXe siècle.

478. —Bouteille en forme d'un taïko, en grès rouge de Bizen.

479. — Bouteille de forme quadrilatérale en porcelaine céladonée de Seiji.

480. — Verseuse en poterie crème craquelée décorée en émaux bleus de dragons et d'oiseaux.

481. — Brûle-parfums en poterie céladonée de Seiji.

482. — Kogo en poterie céladonée représentant un bœuf accroupi.

483. — Boîte à parfums, de forme rectangulaire, en poterie céladonée, à décor de dragons, en camaïeu.

484. — Groupe en poterie représentant un coq sur un taïko.

485. — Vase en forme cabossée à décor fleuri.

486. — Bouteille arrondie en porcelaine de Kutani.
Signée : *Kutani Bunyiedo.*

487. — Boîte tubulaire couverte, à décor fleuri.

488. — Quatre petits tchaire à glaçure partielle.

489. — Boîte à fard en porcelaine de Kutani. Chimère stylisée.

490. — Figure en poterie partiellement émaillée.

491. — Groupe en poterie de Ninsei : enfant et poisson.

492-493. — Un lot de petites pièces en porcelaines diverses.

494. — Brûle-parfums en porcelaine brun rouge mouchetée argent.

495. — Un étui à lunettes, en galucha.
XVIIIe siècle.

DIVERS

496. — Miroir à main formé d'un miroir en bronze ciselé de bambous et de cigognes, et d'une monture en cuir gauffré et polychromé.
Inscription : *Tenkichi Matsumura Inabanokami Shigemochi.*

497. — Presse-papiers en jade vert à taches de rouille, en forme d'un citron digité.

498. — Bague tubulaire en jade blanc.

499. — Joli pendentif en jade ajouré d'un caractère de longévité et de chauves-souris.

500. — Anneau aplati, en jade vert clair.

501. — Pendentif en jade blanc, en forme d'un cœur, ajouré de motifs fleuris.

502. — Petite tasse en jade, flanquée de deux anses à têtes chimériques.

503. — Deux pièces en jade blanc sculpté.

504. — Tabatière en verre blanc sculpté en relief polychrome, de motifs fleuris.

505. — Trois tabatières en verre, décorées intérieurement.

506. — Pipe à eau en poterie craquelée, imitant un œuf d'autruche.

ESTAMPES

507. — Gd ft haut. Jeune femme devant des étoffes tendues.
Signé : *Toyokuni.*

508. — Gd ft haut. Jeune femme lisant une lettre pendant qu'une de ses compagnes la coiffe.
Signé : *Utamaro.*

509. — Gd ft haut. Scène maternelle : deux jeunes femmes jouent avec un garçonnet.
Bishonen to keshite Yohen Sasehime wo okasu. (Déguisé en joli garçon, le chien sorcier abuse de **Sasehime.**)
Signé : *Utamaro.*

511. — Page d'album, par *Hokusai :*
Deux porteurs de grand sac (Obukuro).
Le ramasseur de choses malpropres (Aimotsu).

512. — Petit ft haut. Deux jeunes filles et un garçon sous une véranda.
Signé : *Yeishi.*

513. — Petit ft haut. *Goju san tsugi.* Les 53 étapes du Tokaido, huit planches.
Par *Hiroshige.*

514. — Gd ft haut. Jeux de garçon.
Signé : *Utamaro.*
Petit ft haut. Deux jeunes garçons chassant un sanglier... peint sur un écran.
Signé : *Toyokuni.*

515. — Formats divers. Un lot d'estampes par *Utamaro, Tsukimaro, Toyokuni, Yeizan*, etc.

KAKEMONO

516. — Fukakusa no Shosho, à cheval, jouant de la flûte pour charmer Komachi assise sous sa véranda.

xviiie siècle. Signé : *Kiyoharashi non musume Sesshin* (Sesshin, fille de la famille de Kuyoharashe).

517. — Faucon sur son perchoir.

xviie siècle. Signé : *Senwa Gyohitsu* (un empereur de la Chine.

518. — Maison de thé dans la montagne.

Fin xviiie *siècle*. Signé : *Gessen*.

519. — Paysage de Myasima (Itsukushima) dans la province de Aki.

xviiie siècle. Signé : *Minzan*.

520. — Jeune femme accoudée sous un arbre en fleurs.

xviiie siècle. Signé : *Ososhu*.

521. — Personnage sous un saule.

xviie siècle. Signé : *Kaiki*.

522. — Moineau sur une branche de liserons.

xviiie siècle. Signé : *Kwaikwai Ki-ichi*.

523. — Personnage à cheval tenant un arc et son éventail de guerre.

xviiie siècle. Signé : *Hogen Yeisen*.

524. — Pique-nique dans la montagne.

Fin xviiie siècle. Signé : *Gessen*.

525. — Quatre très jolies peintures religieuses.

xviiie siècle.

LIVRES JAPONAIS ILLUSTRES

526. — *Yanagawa Gwafu.* (*Kemono no bu.*) — Dessins par Yanagawa (partie d'animaux).
1 volume complet illustré en couleurs par Yanagawa Shigenobu.

527. — *Yehon Tsuhoshi.* — Livre de dessins.
1 volume illustré en noir : animaux. (Non signé.)

528. — *Yedo daisekuyo kaidaikura.* — *Yehi Sansanbo shigin.* — Encyclopédie en 2 volumes illustrés en noir et en couleurs.

529. — *Dai nippon kokugun yochi zenzu.* — Carte complète des provinces et des arrondissements du Japon.
Revisée et complétée sous l'ère *Kayei* (1848-1853).

530. — *Shunju Nishikiye.* — Dessins en couleurs, du printemps et de l'automne.
1 volume en couleurs : oiseaux et fleurs.
Signé : *Ito Seisai.*
Daté : 14ᵉ *année de l'ère de Meiji* (1880).

531. — *Osui gwafu.* — Dessins de Osui.
1 volume en noir de dessins divers.
Signé : *Osui,* à l'âge de 73 ans.

532. — *Hokusai Gwayen* (*sampen zu*). — Jardin de dessins de Hokusai.
3 volumes complets illustrés en couleurs. Paysages, animaux et fleurs.
Signés : *Hokusai.*

533. — *Ukiyoyefu.* — Recueil de dessins de l'école vulgaire (sorte de Mangwa).
1 volume illustré en couleurs.
Signé : *Keisai, à Yédo.*

534. — *Shinsen Kwacho Zukushi.* — Nouvelle série de fleurs et d'oiseaux.
Hiroshige.

535. — *Kissho Nyoi benran.* — Manuel pour la bonne aventure.
Daté : 4ᵉ *année de Kocho,* en Chine.

536. — Livre d'estampes de 50 planches, par plusieurs artistes (Zeshin, Ippo, Kiichi, etc.).

537. — *Wakan meihitsu gwaho.* — Trésors de dessins des artistes célèbres japonais et chinois.

3 volumes illustrés en noir (sur 6).

538. — *Hokusai Mangwa.* — 5 volumes, sur 14.

Tome I. Daté : 2e *année de Meiji* (1868).
Tome V. Daté : 8e *année de Meiji* (1874).
Tome VIII. Daté : 8e *année de Meiji* (1874).
Tome XI. Daté : 2e *année de Meiji* (1868).
Tome XII. Daté : *ère de Tempo* (1830-1854).

539. — *Toto Shokei ichiran.* — Tous les beaux sites de Tokyo, tirage postérieur.

1 volume en couleur.

540. — *Yehon Sumidagava Ryogan ichiran.* — Les beaux sites sur les deux rives de la rivière Sumida.

Le 2e volume illustré en couleurs : tirage postérieur.

Hokusai.

541. — *Kingyokurocho daishu kittsu sho.* — Livre pour dire la bonne aventure.

Daté : 3e *année de Kocho,* en Chine.

542. — Livre de dessins par plusieurs personnes.

543. — *Ama no Ukikashi.* — Pont flottant au ciel.

2 volumes complets illustrés en couleurs.

Signés : *Detarubo Untotsu.*

544. — *Miyako meisho zuye.* — Description illustrée concernant les endroits célèbres de la capitale.

4 volumes sur 6 (les tomes II, III, V, VI).

Datés : 9e *année de Anyei* (1780).

Signé : Desinateur, *Nobushigé;* écrivain, *Shuri Shoseki.*

545. — *Kunmo zuye Taisei.* — Dessins pour guider l'ignorant (fleurs).

Le tome IX.

546. — *Shinji ando.* — Dessins pour les lanternes à l'occasion de la fête du temple.

Le 4e volume.

Signé : *Utagawda Kuninao.*

547. — *Gyorui gwafu.* — Dessins de poissons.
Signé : *Seisai Kuminao.*

548. — *Tokyo Kakwa Meisho.* — Des endroits célèbres et civilisés à Tokyo.
Signé : *Hiroshige.*

549. — *Shoshoku Gwatsu.* — Dessins pour tous les métiers.
Signé : *Ryusai Hiroshige.*
Daté : 3e *année de l'ère de Bunkyu* (1863).

550. — *Shashin Gakuhistsu.* — Dessins imitant les choses naturelles.
Signé : *Gekkotei Mokusen, disciple de Hokusai.*
Daté : *ère de Bunkwa* (1894-1817).

551. — *Ressen Zusan.* — Portraits et légendes de divers Sennin.
Daté : *ère de Anyei* (1772-1780).

552. — *Bijutsu Sekai.* — *Maki no juroku.* — Tome XVI de la revue artistique du *Monde des Beau-Arts.*
25e *année de Meiji* (1891).

553. — Description des fêtes données à Pékin, à l'occasion du 60e anniversaire de l'empereur Kienlong (1736-1796).
Edition impériale.

554. — Manuscrit de plusieurs dessins.

555. — *Yokohama Yuye.* — Carte géographique de Yokohama.

CATALOGUES

536. — *Collection S. Bing.* — 1 grand volume illustré.

557. — *Collection Gillot.* — 2 volumes illustrés.

558. — *Collection Hayashi.* — 1 volume illustré. — Objets d'art et peinture.
IIe partie. Février 1903.

559. — *Collection Suminokura.* — 1 volume illustré.

560. — *Collection J. Garié.* — 1 volume illustré.

561. — *Collection de M. G.* — 2 volumes complets.

562. — *Livre de dessins charmants et étrangers,* par W. Tuer. (Reproductions de pochoirs.)

563. — Un lot de catalogues divers.

564-570. — Lots omis.

Imprimerie Berger-Levrault, Paris-Nancy.

www.ingramcontent.com/pod-product-compliance
Ingram Content Group UK Ltd.
Pitfield, Milton Keynes, MK11 3LW, UK
UKHW021025180726
13838UKWH00004B/1623